(206e)

CATALOGUE

D'ESTAMPES

ANCIENNES & DU XVIII° SIÈCLE

PORTRAITS

PAR DESROCHERS, FICQUET, GRATELOU & AUTRES

la plupart pouvant servir

AUX

ILLUSTRATIONS

VIGNETTES, COSTUMES, DESSINS

DONT LA VENTE AURA LIEU

HOTEL DES COMMISSAIRES-PRISEURS

Rue Drouot, n° 5

SALLE N° 6, AU 1er

LE LUNDI 6 MARS 1865

A UNE HEURE PRÉCISE

———

Mᵉ **DELBERGUE-CORMONT**, Commissaire-Priseur.
rue de Provence, n° 8,

Assisté de **M. VIGNÈRES**, marchand d'Estampes,
rue de la Monnaie, **13**, à l'entresol ; entrée rue Baillet, **1**,

CHEZ LEQUEL SE DISTRIBUE LE CATALOGUE.

———

PARIS

RENOU & MAULDE

IMPRIMEURS DE LA COMPAGNIE DES COMMISSAIRES-PRISEURS

Rue de Rivoli, 144.

—

1865

CONDITIONS DE LA VENTE

Au comptant.

Cinq pour cent en plus des enchères applicables aux frais.

L'ORDRE DU CATALOGUE SERA SUIVI.

Les Dessins seront vendus à 4 heures.

M. VIGNÈRES, dirigeant la Vente, se charge des **Commissions.**

Nota. Toute commission sans prix fixé ou sans limite déterminée sera regardée comme nulle.

M. VIGNÈRES se charge de faire marquer les prix aux Catalogues des Ventes qu'il a faites. Les personnes qui le désirent peuvent s'adresser à lui *franco.*

Les Catalogues des Ventes à faire seront envoyés aux personnes qui en feront la demande *affranchie.*

Avis. — Nous prions MM. les Amateurs éloignés de ne pas attendre au dernier jour, pour que les lettres arrivent le matin de la vente; ils compendront que quelques lettres peuvent se lire, mais de 20 à 50 lettres, c'est difficile.

PORTRAITS EN BISTRE

Collections de Portraits inédits ou rares de Personnages célèbres

REPRODUITS NOUVELLEMENT PAR LA GRAVURE

Publiés par VIGNÈRES, Md d'Estampes

Rue de la Monnaie, 15, à l'entresol, entrée rue Baillet, 4

—··◦○◦··—

ALBANY (Louise-Max. de Stolberg, comtesse d').	Gravée par Varin.
AMOROS, colonel, fondateur de la gymnastique en France.	id.
ARGOUT (Antoine-Maurice-Apollinaire, comte d').	J. Porreau.
BABEUF (F.-N.-Gracchus), journaliste.	id.
BARÈRE (Bertrand), de Vieuzac, conventionnel.	id.
BEAUHARNAIS (comtesse Stéphanie de), poète, romancière.	Sisco.
BERRUYER, général, commandant des Invalides.	J. Porreau.
BERTRAND DE MOLLEVILLE, marquis, ministre, littérateur.	id.
BIÈVRE (marquis de), célèbre auteur de calembours.	id.
BLANCHARD (Madeleine-Sophie-Armand, Madame), aéronaute.	id.
BONJOUR (Casimir), auteur dramatique.	id.
BORGHÈSE (Camille-Philippe-Louis), prince.	id.
BOSSUT (Charles), mathématicien.	id.
BRAZIER (Nicolas), auteur dramatique, d'après Marlet.	id.
BRISSOT (J.-P.), de Varville, conventionnel.	id.
CANCLAUX (J.-B. Camille, comte de), général, pair.	id.
CAYLA (comtesse de), née Talon, d'après le baron Gérard.	Massard.
CLOUET dit JANET, (François), peintre de portraits.	J. Porreau.
COCHON, comte de l'APPARENT, conventionnel, ministre.	id.
DEBUREAU, acteur des Funambules, Pierrot.	id.
DE FERMONT (comte), député, conseiller d'État.	id.
DEVIENNE, actrice, Théâtre-Français.	Normand.
DONADIEU, baron, général de division.	J. Porreau.
DORAT-CUBIÈRES-PALMEZEAUX, poète, auteur dramatique.	id.
DROZ (Joseph), littérateur, académicien.	id.
DUCHESNE aîné, conservateur du cabinet des estampes.	id.
DUCOS (Roger), avocat, constitut., 3° consul provisoire.	id.
ÉLIE DE BEAUMONT, avocat au Parlement de Paris.	Devritz.
EMPIS (Adolphe), auteur dramatique.	J. Porreau.
EPAGNY (d'), poète dramatique.	id.
FABRE DE L'AUDE (comte), député, pair, littérateur.	id.
FIÉVÉE (J.), littérateur, auteur dramatique.	id.
FRÉRON (Louis-Stanislas), conventionnel.	id.
FROCHOT, comte, préfet, député.	id.
GARNERIN (A.-J.), inventeur du parachute.	id.
GARNERIN (Élisa), aéronaute.	id.
GAUDIN, duc de Gaëte, ministre des finances.	id.
GENLIS (A. Brulard, comte de), cap. des gardes, convent.	id.
GEOFFROY (J.-L.), critique, journaliste.	id.
GODOI (don Manuel), prince de la Paix.	Varin.
GOUFFÉ (Armand), chansonnier, vaudevilliste.	J. Porreau.

Guimard (Mademoiselle), danseuse.	J. Porreau.
Jouffroy (Théodore-Simon), professeur, académicien.	id.
Jousselin de Lasalle, homme de lettres.	id.
Kant (Emmanuel), philosophe allemand.	Bracquemond.
Lacalprenède (Gauthier de Costes, seign. de), romancier.	Varin.
Lainé (J.-H., vicomte), ministre et académicien.	J. Porreau.
Lamballe (princesse de), dess. d'ap. nature par Gabriel,	id.
Lasource (M.-David-Albin de), député du Tarn.	id.
Lavallière (L -F. de la Baume, duchesse de).	id.
Lucotte (Edme-Aimé), lieut.-général, comte, né à Dijon.	id.
Marat, à la tribune, dess. d'après nature par Gabriel.	id.
Martin (Louis-Aimé), littérateur.	id.
Maurepas (J.-Fréd. Phelypeaux, comte de), ministre.	Varin.
Mazères (Édouard), auteur dramatique.	J. Porreau.
Mesmer, auteur du magnétisme animal.	id.
Mézerai, actrice, Théâtre-Français.	Normand.
Orléans, duc de Montpensier (Ant.-Philippe d'), 1773-1807.	J. Porreau.
Persuis (L. Loiseau de), musicien, d'ap. Pierre Guérin.	id.
Petiet (Claude), député, ministre de la guerre.	id.
Philidor (André-Danican), musicien, auteur du jeu d'échecs.	id.
Pilon (Germain), sculpteur, 1550.	id.
Pixerécourt (Guilbert de), fac-simile, d'après J. Boilly, in-4.	id.
Pongerville (Samson de), académicien.	id.
Pontus de la Gardie, général en Suède.	id.
Ramel-Nogaret, ministre des finances, préfet.	id.
Reveillère-Lepaux, botaniste, théophilanthrope.	id.
Robert-Lindet, député, conventionnel, ministre.	id.
Romme (Gilbert), conventionnel.	id.
Rouget de l'Isle, auteur de *la Marseillaise*, musicien.	Varin.
Saint-Huruge (marquis de).	J. Porreau.
Saint-Prix, acteur, Comédie-Française.	id.
Saint-Simon (Claude-H., comte de), philosophe.	Perrot.
Silvain Maréchal, poète et littérateur.	Devritz.
Tallien (Madame), née Cabarus, d'après le baron Gérard.	Massard.
Treilhard (J.-B., comte), député, ministre, etc.	J. Porreau.
Tronson du Coudray, avocat, du Conseil des Anciens.	id.
Vadier (A.), député aux États-Généraux.	id.
Vatout (J.), poète, académicien, bibliothécaire.	Varin.
Vigée (L.-G.-B.-E.), poète et auteur dramatique.	J. Porreau.
Cartouche (Louis-Dominique), fameux voleur.	Lallemand.
Mandrin (Louis), fameux contrebandier.	Delaistre.

Chaque portrait pouvant entrer dans un in-8° est tiré in-4°.

Avec la lettre, papier blanc, 1 fr.; papier de Chine, 1 fr. 25 c.

Avant la lettre, papier blanc, 1 fr. 50 c.; papier de Chine, 2 fr.

Dont il n'est tiré que 20 épreuves blanc et 5 Chine.

Afin de faciliter les recherches des Amateurs de portraits, soit pour les illustrations, soit pour les collections d'autographes ou autres, *deux Catalogues détaillés* de quelques collections de portraits qui peuvent se trouver chez moi, classés par ordre alphabétique, seront remis aux personnes qui en feront la demande affranchie.

Renou et Maulde, imprimeurs de la Compagnie des Commissaires-Priseurs, rue de Rivoli. 144.   39110

ESTAMPES

ANCIENNES & XVIIIe SIÈCLE

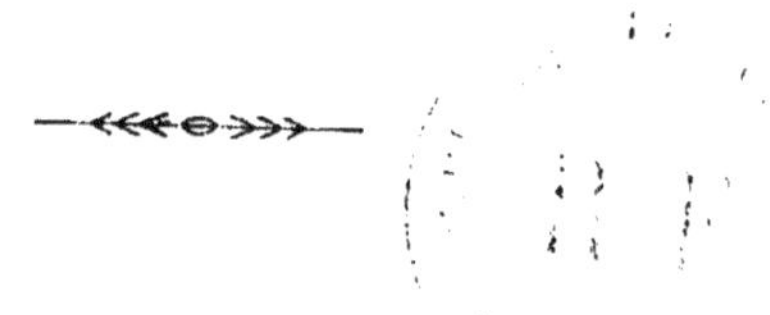

1 **Bernon** (D'ap.). Le Jour de l'an, par F. P. Charpentier, eau-forte pure d'une pièce très-rare, représentant Henri IV sur le Pont-Neuf, scènes de marchandes, voitures, etc.

2 **Boisseau** *ex*. Vues du Louvre, la place Royale, la Bastille. 3 p.

3 **Boucher** (D'après). Les trois Grâces. — Diane et ses nymphes surprises par Actéon. 2 jolies vignettes, in-8. Très-belles ép., marge.

4 **Brebiette**. Sujets mythologiques, religieux, martyrs, saints, etc. 18 p.

5 **Bry** (Th. de). Les quatre fonds de coupes avec les douze Césars entourés de figures et ornements. 4 p. remargées.

6 **Bye** (Marc de). Le Muletier. Rare.

7 **Challe** (D'ap.). Chu-u-u, réduction in-8, ovale en travers de la Chambrière complaisante et autres pièces en couleurs, sujets gracieux. 4 p.

8 **Chedel**. Événements militaires. 6 p.

9 **Chodowiecki**. La Mort n'épargnant personne. 13 sujets différents.

10 **Chodowiecki.** Deux éventails : Frédéric II et son successeur. 2 p. rares.

11 **Choffart** (D'ap.) et autres. Entêtes et fins de pages, fleurons, etc. 19 p. superbes.

12 **Cochin.** Estampes allégoriques de l'Histoire de France. 30 p. in-4.

13 **Cochin** (D'ap.). Vignettes diverses très-belles. 13 p.

14 **Durer.** La face de Jésus sur le suaire. B. 26. — Le Prophète Élie et Antoine. B. 107, en bois. 2 p.

15 **Eisen** (D'ap.). Pygmalion et autres sujets gracieux. 14 p. superbes épr.

16 **Fragonard** (D'après). Contes de La Fontaine. 3 p. avant les noms, toute marge.

17 **François** (Alphonse). Le roi Candaule, d'après Gérome. Superbe épr. in-fol. sur Chine. Toute marge.

18 **Gaultier** (L.). Vue de Paris, 1607. 2 épr. remargées.

19 **Gravelot** (D'ap.). Figures allégoriques la plupart avant la lettre. 10 p.

20 **I c B** (Monogramme). Vierge couronnée par un ange.

21 **Labelle.** Agréable diversité de figures. 11 p. magnifiques, ép. 1er état.

22 **Lucas de Leyde.** Mort d'Abel.

23 **Marillier.** Vignettes pour diverses illustrations. 27 p. Très-belles ép.

24 — Entêtes et fins de pages, fleurons. 30 charmantes pièces, superbes ép.

25 Martens (D'ap.). Festin de Balthasar, Destruction de Ninive, Départ d'Égypte. 3 p. en bistre, réduction grand in-4, avant la lettre.

26 Mecken (Israël de). Les Apôtres saint Pierre et saint André. B. 79. — Saint Jacques le Majeur et saint Jean l'évangéliste. B. 80. 2 p. très-rares.

27 Moreau et **Monnet**. Vignettes diverses. 13 p.

28 Ornements. Cartouches de Babel, Labelle, Toro et autres. 22 p.

29 Picart (B.). Sujet d'amants et réductions de Lancret par Jacob. 8 p.

30 — La Fortune des actions du système de Law. 2 planches différentes.

31 Prudhon (P.-P.). Le jeune Garçon et le chien, lithographie originale. Superbe épreuve sur Chine. Toute marge.

32 — Enlèvement d'Europe, eau-forte originale, et le Père à genoux, par Copia. 2 p.

33 Prudhon (D'ap.). Minerve alimentant les Arts et les Sciences, charmante p. par Mlle Bleuse. Superbe ép. grande marge.

34 — Aminta, Abrocome et Anzia, Dafni et Cloé. 3 p. très-belles ép., par Roger.

35 — Son portrait en pied par Hedouin. — Joséphine par Blanchard. 2 p. in-4.

36 Rembrandt. Son portrait. B. 9.

37 — David combattant Goliath. B. 36. Très-belle.

38 — La Samaritaine. B. 70. Belle ép.

39 Stephanus. Suzanne et les Vieillards. — Couronnement de Trajan. — L'Astrologie, la Musique, etc. 12 p.

40 **Wierix** (Antoine). Suzanne et les Vieillards. —
Le Baptême du Christ. 2 p.

41 **Wierix** (J.). Saint Antoine, d'après **M. Schon.**
Superbe épr.

42 — La Flagellation, saint Louis de Gonzague,
Vierge et autres sujets pieux. 6 p.

43 Couronnement de Louis XIV à Reims, 1654.

44 Le Serment des Français, Cocarde du serment
fédératif, allégorie, la Raison, etc. 5 p. remargées.

45 Entrée et sortie de garnison. 2 p. in-4 coloriées.

46 Sujets historiques et autres. 50 p.

47 **La Caricature**, Journal, du nᵒ 162 à 203. —
40 livraisons, sujets de Granville et autres.

PORTRAITS

CLASSÉS PAR ORDRE DE GRAVEURS

48 Célébrités contemporaines de 24 à 45. —22 livraisons de 4 portraits et fac-simile lithog. in-fol.
88 portraits.

49 **Alix.** Chalier.—Lepeletier.—Marat.—Mirabeau,
par Allais. 4 p. ovales en couleur, petit in-fol.

50 **Bonneville.** Portraits de personnages de la
Révolution. 70 p. anciennes ép.

51 **Chereau.** Blasius III.— Michel de Montagne.—
Mᵐᵉ de Sabran, etc. 5 p.

52 **Claessens** et Portman. Suite de portraits pour
l'histoire de la Révolution. In-4. 70 p.

53 **Custodis** *ex.* Henri IV tenant le sceptre, cou-
ronne en tête. In-8.

54 **Demarcenay**. Charles V. — Turenne. 2 p.

55 **Desrochers**. Louise-Françoise de Bourbon, duchesse.

56 — Marie-Adélaïde, duchesse de Bourgogne.

57 — Marquise de Maintenon.

58 — La duchesse d'Orléans, douairière.

59 — Françoise de Bourbon, duchesse d'Orléans,
1er état.

60 — La même avec Régent et 6 lignes en bas au
lieu de 4.

61 — Marie-Ch.-Victoire de Bavière, dauphine.

62 — Marie-Eléonore d'Est, épouse de Jacques II.

63 — Marie-L.-G. de Savoie, épouse de Philippe V.

64 — Mlle de Scudéry et autre. 2 p.
Ces portraits sont de superbes ép.

65 — Gaston d'Orléans. — Philippe, frère du roi. —
Louis dauphin. — Ch. duc de Berry. — A. de Bour-
bon-Conti. 5 p. Superbes ép.

66 — Personnages divers. 21 p.

67 **Dupont** (Henriquel). Carle Vernet, ép. avec ton.

68 **Ficquet**. J.-J. Rousseau. Epreuve extrêmement
rare. Avant toute lettre et avant que l'entourage
soit terminé. In-8, marge, remargé.

69 **Ficquet** et **Savart**. Lafontaine, Puffendorff,
J.-B. Rousseau, J.-J. Rousseau, Saugrain, Boileau,
Rabelais. 7 p.

70 **Fiesinger**. Généraux et députés à l'Assemblée
nationale. 24 p. in-8.

71 **Gourdelle** ex. Le duc d'Anjou. — Sixte V. 2 p.

72 **Granthomme** (J.). Calvin, Melanchton, Luther
et autres réformés. 13 p. Cab. R. Duménil.

73 **Gratelou**. Adrienne Lecouvreur, in-8. Magnifique ép. Avant toute lettre, marge.

74 **Heimlich**. M. Collignon, le plus doux, le plus aimable, le plus savant, le plus beau, le plus généreux des hommes, en pied. Très-rare. Sup. ép., marge.

75 **Hopwood**. Molière dans un entourage de Chenavard, grand in-8. Magnifique ép. chine, grand papier.

76 **Ingres** (d'ap.). J. Racine en pied, sur chine.

77 **Janinet**. Mesdames Colombe, Gontier, Olivier, Saint-Aubin, Vestris, et M. Laruette. 6 p. en pied en couleur, remargés.

78 **Lasne** (Michel). Ch. de Crequi et de Canaples. — Servien. — Urbain VIII. 3 p., in-4. Sup. ép.

79 **Leu** (Thomas de). Henri IV, coiffé d'un chapeau. *Ce monarque français tout grave de victoire*. In-4.

80 — Le chevalier d'Aumale. — Ch. de Bourbon-Soissons. — Henri II, roi. — Anne de Joyeuse. — Louis, cardinal de Lorraine. — Philippe II d'Espagne. 6 p.

81 **Lubin** (J.). Maréchal d'Humières. In-fol., marge.

82 **Mallery**. Garnier, poète. In-8, toute marge.

83 **Moncornet** *ex*. Portraits de femmes célèbres. 10 p.

84 — Personnages célèbres. 88 p. Sera divisé.

85 **Moret**. Louis d'Assas, capitaine au régiment d'Auvergne, ovale, in-4, en couleur. Très-belle ép., rare.

86 **Nanteuil**. Marquis de Castelnau. — Cardinal Coislin, évêque d'Orléans, attribué. Grand in-fol. 2 p., toute marge.

87 **Odieuvre**. Portraits de célébrités diverses. 55 p. Sera divisé.

88 **Orde** 1772 (Thomas), qui fut lord Bolton, le héros de Ferney au théâtre de Chatelaine.

89 **Pannier**, d'ap. *Edelinck*. Racine, in-8. Magnifique ép., sur chine, grand papier.

90 **Pas** (C. de). André Doria. — Clément VIII. 2 p. Superbes ép.

91 **Pauquet**. Nicolas Ier, avant la lettre. Abdul-Medjid, Alexandre II, Louis XI, Clovis. 5 portraits en pied.

92 **Petit**. Bossuet, Marie-Thérèse, Sallé et autres. 9 p.

93 **Robinson**. Napoléon et personnages de son époque, à pied et à cheval. Sup. ép., avant et avec la lettre, sur chine. Grand papier.

94 **Saint-Aubin**. Portraits de littérateurs, femmes illustres, etc. 45 p.

95 **Schuppen** (Van). L.-F. Lefebvre de Caumartin. — P. de Monchy. — J. Foucaut. 3 p.

96 **Sergent**, etc. Députés de l'Assemblée nationale et autres portraits. In-4, en couleur. 8 p.

97 **Tasnière**. Famille des ducs de Savoie. 33 portraits grand in-4.

98 **Vérité**. D'André, Biauzat, Bouche, Buzot, Demeunier, Gérard, Guadet, Lacroix, etc. 13 p. en couleur.

PORTRAITS

CLASSÉS PAR ORDRE ALPHABÉTIQUE DE NOMS
DE PERSONNAGES

99 **Agnès Sorel**. Aquarelle par *Baudet*, d'ap. le dessin de la Bibliothèque.

100 **Aiguillon** (Marie de Vignerod, duchesse d'). In-8. *Moncornet*, grande marge. Très-rare.

101 **Ancre** (Leonora-Galigaï), femme du maréchal. In-8, par *François*. Remargée.

102 **Aubigné** (Théodore Agrippa d'). Dessin à l'encre de Chine, d'ap. un bois.

103 **Barra** et Viala. Deux petits portraits ronds, imprimés en bleu, remargés.

104 **Beaulieu**, acteur, par Vérité. Rare. In-4.

105 **Bourbon** Marie-Thérèse - Charlotte. — Louis-Charles, enfant de Louis XVI, petits profils en couleur. 2 p.

106 **Brizart** en pied, d'ap. Carmontelle, in-4.

107 — en pied: — Caillot en pied. 2 p. par Janinet, en couleur.

108 **Clairon**. Sa médaille, par Littret. In-8, remargée.

109 **Condé**. Anne de Bourbon. — Marguerite-Charlotte de Montmorency. 3 p., dont deux par Moncornet.

110 **Contat** (Mlle). In-4 en couleur, par Coutellier, superbe ép., grande marge.

111 **Conti**. Anne-Marie Martinozzi, in-8, par Vange-
lifty. — Marie-Anne de Bourbon, princesse douairière, in-4, par Larmessin, sup. ép., rare.—Louise-
Henriette, par Desrochers. 3 p.

112 **Crequy** (Françoise de). — (Madeleine de), duchesse de Villeroy. 2 ép., par Moncornet.

113 **Cusance** (Béatrice de). Comtesse de Cantecroix,
chez Daret, belle marge.

114 **Desessart**. Acteur à mi-corps, in-4 carré.

115 **Deshouillères** (Mme), charmant petit ovale,
d'ap. l'émail de Petitot, par Ceroni. magnifique
ép. avant toute lettre, sur chine, toute marge.

116 **Doche** (Mme), à mi-corps, par Benjamin Roubaux.
Ep. sur chine, très-rare.

117 **Dominique**. Arlequin tenant son masque. In-4,
par Habert, rare.

118 **Dubarry**, par Bonneville, Bertonnier. 2 p.

119 **Erasme**. Eau-forte originale de Van Dyck. —
autre par P. Philippe, 1660.

120 **Este**. Marie-Béatrice, femme de Jacques II. Manière noire; in-4. Sans aucune lettre.

121 **Gabrielle d'Estrées**. In-8. Très-belle épreuve
remargée.

122 **Fechter**. Rôle du comte Horace dans trois costumes différents, aquarelle par lui-même, approuvé
et signé par Alex. Dumas.

123 **Fontanges** (Duchesse de). In-8, par Fiquet,
belle ép., marge.

124 **Garlande** (Mathilde de). In-8.

125 **Guimard** (Mlle), en pied et dansant, charge très-
rare publiée à Londres en 1789. Coloriée.

126 **Harcourt**. Marguerite du Cambout. **2.** p., par Moncornet.

127 **Henriette**, reine d'Angleterre, par Hollar. Superbe ép.— Par Moncornet. 2 p.

128 **Jacques-Clément**, dessin en rouge, par Baudet, d'ap. l'original de la Bibliothèque.

129 **Jeanne-d'Arc**. Deux portraits différents, in-8.

130 **Lafayette** (Mlle). Ép. avec le titre Marie de Gonzague Clèves, et avant les armes, in-8. Marge.

131 — La même, même titre avec les armes.

132 **Lafontaine** (Jean de). In-4.

133 **Lafontaine**. 5 portraits, Mme de la Sablière, et 2 vignettes avant la lettre; Joconde, le petit Chien, par Pourvoyeur. 8 p.

134 **Lavallière** (Duchesse de), par Ceroni, rognée.— Par Flameng.— Manière noire, in-4. 3 p.

135 **Lecouvreur** (Mlle). In-8, par Schmidt.

136 **Lekain**, comédien. In-4, par Elluin.

137 **Lind** (Jenny). Lettre aut. sig. Joli portrait en pied imp. en couleur dans la Fille du Régiment; plusieurs scènes, caricatures anglaises, allemandes et américaines, en bois. 22 p.

138 **Lorraine** (Henriette de). — (Marguerite.) 2. Différents, 3 p., par Moncornet.

139 **Louis XIII** à cheval. M. F. *fecit*. In-4.

140 **Louis**, Dauphin, fils de Louis XVI, par Quenedey, avec le physionotrace Chrétien; petit portrait d'une grande rareté.

141 **Marca** (Pierre de), archevêque de Paris, *Edelinck*, in-4. *Bernigeroth*, 2 p.

142 **Marie-Antoinette**. Son buste entouré des Grâces et des Amours, titre pour Métastase. In-8.

143 **Meziriac** 1635. Dessin à la mine de plomb venant de la vente Gavard.

144 **Molé** (François-René). In-4, par Saint-Aubin. Superbe ép., marge.

145 **Olivier** (Mlle). In-4, en couleur, par Coutellier. Superbe ép., grande marge.

146 **Orléans**, duchesse de Montpensier. — Marie-Louise, par Johannot. 2 p.

147 **Orléans** (Louis - Philippe jeune). Superbe ép. avant la lettre, sur chine, par Mme Fournier. — A.-L.-P., duc de Montpensier. 2 p., in-8.

148 **Pompadour** (Mme la marquise de), d'après Boucher. In-4., manière noire.

149 **Pompadour** (Mme de), en pied, d'ap. de Latour, par Flameng. Chine volant.

150 **Rameau**. In-4, par Saint-Aubin. — Son triomphe. 2 p. Très-belles ép.

151 **Raucourt** (Mlle). In-4, d'ap. Moreau; au bas scène théâtrale, rare épr., avant toute lettre et avec nombreuses retouches à la mine de plomb, par le peintre.

152 **Ristori** (Mme), par Greppi et Vogt. 2 lithog.

153 **Rohan** (Anne de Guemenée). — (Marguerite.) — (Marie.) 3 p.

154 **Rousseau** (J.-J.). Au fond la vue du pavillon qu'il habitait à Ermenonville. In-4.

155 **Saint-Simon**. Portraits réunis pour illustrer les Mémoires. 50 p.

156 **Scaramouche** (Tibère-Fiorelli). In-4, par Habert, très-rare.

157 **Schiller**. Portraits et vignettes réunis, pour illustration et pièces relatives. 16 p.

158 **Schomberg** (Marie d'Hautefort, duchesse de), de Desrochers, remargée, rare.

159 **Sévigné** (Mme de). In-8, par Schmidt. Marge.

160 **Sévigné**. Portraits réunis pour illustrer ses Lettres. 83 p. de différentes suites.

161 **Suze** (Henriette de Coligny), de Desrochers.

162 **Tasse**. Illustration pour la Jérusalem délivrée. 32 p. anciennes et modernes.

163 **Vanhove** (Mlle), qui fut Mme Talma. In-8, ovale, en couleur, rare.

164 **Voltaire** en pied, par Vachez, d'ap. nature.

165 — Visite de Mlle Clairon à Ferney; ils sont à genoux l'un devant l'autre. Pièce à l'eau-forte d'une grande rareté.

166 **Acteurs** et actrices français, anglais et allemands, plusieurs très-rares : Stephen Kemble, Liston, Miss Siddons, etc. 45 p. Sera divisé.

167 **Actrices**. Mesdames Dugazon. — Lescot. 2 p. in-4.

168 — Colombe aînée. — Maillard. 2 p. in-4.

169 — Desbrosses. — Duthey. 2 p. in-4.

170 **Femmes célèbres**. Montespan et autres de la col. d'Odieuvre et autres. 25 p.

171 Femmes célèbres tirées de Versailles, etc. 15 p.

172 — Bonnart, Moncornet, Odieuvre, etc. 12 p.

173 **Littérateurs** et artistes. 40 portraits. 2 lots.

174 **Musiciens**. Mozart, Piccini, Weber, etc. 13 p.

175 **Princes,** militaires, célébrités diverses. 40 p.
2 lots.

176 Portraits pour illustrer la Révolution et l'Empire.
45 p. 2 lots.

177 — Barra, Brissot, Chalier, etc. 6 p. in-8.

178 — Bailly, Lafayette, Mirabeau, Necker et autres
personnages de l'époque. In-4 et in-fol. 12 p. Sera
divisé.

179 **Divers.** Napoléon et autres, vues. 25 p.

180 Portraits divers. Rois de France, Littérateurs et
autres célébrités réunies, pour illustration. Plus de
200 p. Sera divisé.

181 Têtes de jolies femmes, coiffures poudrées et autres, noir et sanguine. 20 p. Remargées.

182 Galerie française. 35 portraits in-4. Toute marge.

182 bis — Portraits des curateurs et professeurs de
l'académie de Leyde. 108 portraits, vues, plans de
la ville de Leyde, de l'académie, etc. 13. En tout
121 p. Pourra être divisé.

183 Portraits divers. Plus de 300 seront divisés sous
ce numéro.

ILLUSTRATIONS

VIGNETTES, COSTUMES

184 **Contes de Lafontaine.** In-fol., rognés.
— D'ap. **Boucher** le Magnifique.
— La Courtisane amoureuse.
— Le Calendrier des vieillards.
— Le fleuve Scamandre.
— D'ap. **Eisen.** Le Cas de conscience.
— La Gageure des trois Commères.

— Promettre est un et tenir c'est un autre.
— D'ap. **Lancret**, Nicaise.
— A Femme avare galant Escroc.
— Le Faucon.
— Le Gascon puni.
— La Servante justifiée.
— On ne s'avise jamais de tout.
— Les Rémois.
— Les Troqueurs.
— Les Deux amis,
— Les Oies de frère Philippe.
— Le petit Chien qui secoue de l'argent.
— Pâté d'anguille.
— d'ap. **Laurin**. La Chose impossible.
— L'Anneau de Hans Carvel.
— D'ap. **Le Clerc**. Le Rossignol.
— Le Faiseur d'oreilles et le Raccommodeur.
— D'ap. **Le Mesle**. Le Cuvier.
— La Clochette.
— D'ap. **Pater**. Le Baiser donné.
— Le Baiser rendu.
— Le Savetier.
— Le Glouton.
— Les Aveux indiscrets.
— La Courtisane amoureuse.
— Le Cocu battu et content.
— La Matrone d'Éphèse.
— D'ap. **Vleughels**. Le Bast.
— Le Villageois qui cherche son veau.
— La Jument du compère Pierre.
— Frère Luce.
Ces 37 p. sont belles et pourront être divisées.

185 **Illustration** pour les Contes de Lafontaine. 95 p., par Duplessis Bertaux. in-8. Papier vélin.

186 — Daphnis et Chloé. **9** vignettes in-4, d'après Prudhon et Gérard. Magnifique ép., avant la lettre. Toute marge.

187 — Adonis, 6 vig. in-4, avant la lettre, toute marge

188 **Vignettes.** Saint-Bruno, sujets religieux et autres, sujets gracieux. 38 p. 2 lots.

189 Illustration pour l'Histoire ancienne de France. 66 p.

190 Vignettes pour illustrer l'Histoire de la Révolution et de l'Empire. 50 p.

191 Illustration pour le poëme de Jeanne d'Arc (avec le portrait, par Gaucher) de Voltaire. **22** p. Belles ép., remargées.

192 Vignettes recueillies et titres pour illustrer Voltaire et autres. 43 p.

193 — de Moreau et autres, sujets divers. 50 p.

194 **Vignettes.** Vues du Canada, Quebec, Irlande, etc. 80 p.

195 — Sujets chinois, orientaux, idoles indiennes, 83 p.

196 — Sujets religieux. La Passion, d'ap. Callot, 45 p.

197 — Sujets historiques. Marie Stuart et autres. 63 p.

198 — En bois. Ép. de choix sur chine volant. 17 p.

199 **Costumes** de Paris en 1797. Modes jusqu'à nos jours, tirées des divers journaux, et autres costumes. Plus de 150 p.

200 — de théâtre, gravés et lithog., coloriés. 50 p.

201 — de bal, travestissements, costumes de divers pays. 44 p. coloriées, plusieurs rognées.

202 Costumes militaires anglais et russes, d'ap. Carle
et Horace Vernet, coloriés. 47 p.

203 Costumes turcs et grecs, lithog. Couleur rehaussé
d'or. 8 feuilles à 2 sujets.

204 Costumes monastiques, religieux et religieuses, des
différents ordres : Fontevrault, Bénédictins, Saint-
François, Saint-Wast d'Arras, Saint-Paul de Beau-
vais, Remiremont et autres, français et étrangers.
107 p.

205 Vues de Sicile, gravées dans le siècle dernier.
140 p.

206 Iconographie de Visconti, feuilles et fragments.
90 pièces.

207 **Imagerie**, la plupart coloriée. Sauteurs, volti-
geurs, costumes de théâtre, de travestissements,
animaux savants, etc. 48 p.

DESSINS

208 — Gaspard II de Coligny. — Anne de Montmorency. 2 dessins de la collection Gavard. — Portrait d'homme, gouache sur vélin. 3 p.

209 — Molière et sa servante, mine de plomb. Martyre
d'un saint, sanguine. La Foi, l'Espérance et la
Charité, attribué à Picart. 3 dessins.

210 CHARDIN (J.-B.-S.). Ustensiles, chaudron, poëlon,
ognons, etc. Pastel, encadré.

211 MONTAGNY 1848. L'Amour appelle les cœurs en
faisant des gambades, allégorie arabesque. Aquarelle, encadrée.

RENOU et MAULDE, imprimeurs de la Compagnie des Commissaires-Priseurs,
rue de Rivoli, 144.   39110